Futbolowy szał

Football Frenzy

Jonny Zucker

Przekład

Translated by

Kryspin Kochanowski

Other Badger Polish-English Books

Rex Jones:

Pościg Śmierci	Chase of Death	*Jonny Zucker*
Futbolowy szał	Football Frenzy	*Jonny Zucker*

Full Flight:

Wielki Brat w szkole	Big Brother @School	*Jillian Powell*
Potworna planeta	Monster Planet	*David Orme*
Tajemnica w Meksyku	Mystery in Mexico	*Jane West*
Dziewczyna na skałce	Rock Chick	*Jillian Powell*

First Flight:

Wyspa Rekiniej Płetwy	Shark's Fin Island	*Jane West*
Podniebni cykliści	Sky Bikers	*Tony Norman*

Badger Publishing Limited
15 Wedgwood Gate, Pin Green Industrial Estate,
Stevenage, Hertfordshire SG1 4SU
Telephone: 01438 356907. Fax: 01438 747015
www.badger-publishing.co.uk
enquiries@badger-publishing.co.uk

Futbolowy szał *Polish-English* ISBN 978 1 84691 424 9

Text © Jonny Zucker 2005. First published 2005.
Complete work © Badger Publishing Limited 2008.

Publisher: David Jamieson
Editor: Paul Martin
Design: Fiona Grant
Cover illustration: Andy Parker
Illustration: Enzo Troiano
Translation: Kryspin Kochanowski
Printed and bound in China through Colorcraft Ltd., Hong Kong

Futbolowy szał

Football Frenzy

Spis treści **Contents**
Jak to się zaczęło... How it started…

Jak to się zaczęło...

Piętnastoletni Rex Jones dostał nowy telefon komórkowy, który widział w czasopiśmie. Był to ostatni egzemplarz w sklepie. W odróżnieniu od modelu, który widział w magazynie, ten miał dwa dodatkowe przyciski – zielony, z podpisem **POSZUKUJ**, oraz czerwony, podpisany **POWRÓT**. Mężczyzna w sklepie powiedział, że żaden inny aparat nie miał tych przycisków.

Z początku telefon działał, jak należy i Rex zapomniał o dodatkowych przyciskach. Pewnego dnia usłyszał, jak wydaje z siebie dziwny, brzęczący dźwięk. Kiedy na niego spojrzał, zobaczył, że świecił się zielony przycisk **POSZUKUJ**. Nacisnął go i nagle znalazł się w niesamowitym świecie przygód. Każda z nich może skończyć się jedynie wtedy, gdy telefon znowu zabrzęczy i naciśnie się świecący na czerwono przycisk **POWRÓT**.

Rex czasem przeżywa przygody ze swymi najlepszymi przyjaciółmi, Carlem i Davem, innym znów razem, w pojedynkę. Po drodze staje twarzą w twarz ze strachem, niebezpieczeństwem i śmiercią.

Poradzi sobie, czy też czeka go zguba?

4

How it started...

Fifteen-year-old Rex Jones has got a new mobile phone. He'd seen it in a magazine. The shop where he bought it had only one left. But, unlike the one in the magazine, this phone had two extra buttons – a green one marked **EXPLORE** and a red one marked **RETURN**. The man in the shop said that none of the other phones had these buttons.

The phone works fine at first and Rex forgets about the extra buttons. But, one day, he hears the phone making a strange buzzing sound. When he looks at it, the green **EXPLORE** button is flashing. He presses it and suddenly finds himself in an incredible dream world of adventures. Each adventure can only be ended when the phone buzzes again and the flashing red **RETURN** button is pressed.

Sometimes Rex has these adventures with his best mates, Carl and Dave. But other times he's by himself. On the way, Rex faces fear, danger and death.

Is Rex up to it or does he face a terrible fate?

1 W tunelu

Rex, Dave i Carl siedzieli na ławce w szatni. Była przerwa po pierwszej połowie meczu, w którym ich szkoła przegrywała zero do jednego.

- Byliście beznadziejni – ich trener, pan Hill, krzyczał na drużynę. – W drugiej połowie musicie dać z siebie znacznie więcej.

W tej sekundzie na telefonie Rexa zapalił się zielony przycisk z napisem **POSZUKUJ**. Rex wyciągnął telefon z kieszeni.

- Zrób to – powiedział Carl.

Rex przycisnął guzik.

Rozbłysło białe światło i chłopcy znaleźli się w tunelu, stojąc w dwóch rzędach z innymi piłkarzami.

Rex, Carl, Dave i reszta ich drużyny nosiła niebieskie stroje City. Drużyna przeciwna nosiła białe stroje United.

1 In the tunnel

Rex, Carl and Dave sat on a bench in the changing room. It was half time in a school football match. Their school was losing one nil.

"You were rubbish," their coach, Mr Hill, shouted at the team. "In the second half, you need to work much, much harder."

At that second, the green **EXPLORE** button on Rex's mobile lit up. He pulled it out of his jacket.

"Go for it," said Carl.

Rex pressed the button.

There was a flash of white light and, next thing, the boys found themselves in a tunnel lining up in two lines with lots of other footballers.

Rex, Carl and Dave and the rest of their team were in the blue kit of City. The other team were wearing the white of United.

- To ostatnia gra sezonu – wyszeptał Rex.

- A my gramy dla City! – powiedział Carl.

- To najważnieszy mecz roku – stwierdził Dave.

- Tak – skinął głową Rex. – Jeśli City wygra, zostają – powiedział Dave.

- Jeśli jednak przegra lub zremisuje, spadnie – zauważył Rex.

Miał powiedzieć coś jeszcze, gdy szorstki głos wypowiedział jego imię.

"It's the last game of the season," whispered Rex.

"And we're playing for City!" said Carl.

"This is the biggest game of the year," said Dave.

"Yeah," nodded Rex. "If City win, they stay up," said Dave.

"But if City lose or draw," said Rex, "they go down."

Rex was about to say something else when a harsh voice called his name.

2 Pogróżki Parkera

Steve Parker, lewy skrzydłowy i kapitan drużyny United, podszedł do Rexa.

Rex nigdy nie lubił stylu, w jakim grał Steve. Zawsze przewracał się w polu karnym i narzekat na sędziów.

2 Parker hassle

United's left winger and captain, Steve Parker, walked over to Rex.

Rex had never liked the way Steve played. He was always diving in the penalty area and moaning at referees.

- Słyszałem, że grasz dzisiaj na prawej stronie – powiedział Steve.

- Tak? – spytał Rex.

- Nie żartuj – powiedział Steve.

Rex chciał wytłumaczyć, iż rzeczywiście nie wiedział, gdzie będzie grał, ale Steve znów skoczył mu do oczu.

- Nawet nie myśl o tym, żeby grać dobrze – wyszeptał.

- Bo co? – zapytał Rex.

- Bo połamię ci nogi.

Rex wpatrywał się w Steve'a. – Nie przestraszysz mnie – powiedział. – Lepsza drużyna zostanie.

- Nie sądzę – powiedział Steve, przybliżając się do Rexa. – Przegracie mecz i City spadnie.

"I hear you're playing on the right today," Steve said.

"Am I?" asked Rex.

"Stop trying to be funny," said Steve.

Rex wanted to say he really didn't know where he was playing, but Steve was in his face again.

"Don't even think about playing well," whispered Steve.

"Or what?" asked Rex.

"Or you won't have any legs after the game."

Rex stared back at Steve. "You don't scare me," he said. "The best team will stay up."

"I don't think so," said Steve, moving closer to Rex. "You're going to lose this game and City will be going down."

3 Piłka w grze

Sędzia przywołał obie drużyny, które zaczęły iść wzdłuż tunelu w stronę wyjścia. Zostały przywitane niesamowitą wrzawą sześćdziesięciotysięcznego tłumu fanów.

Kamery śledziły każdy ich ruch. Fotografowie szaleńczo pstrykali zdjęcia.

- Poproszę do siebie obu kapitanów – zawołał sędzia.

- Dalej, Rex – zawołało dwóch zawodników City.

Rex potruchtał w stronę centralnego okręgu, gdzie czekał już Steve Parker.

Steve gniewnie spojrzał na niego.

– Uściśnijcie sobie ręce, panowie – powiedział sędzia.

Rex wyciągnął dłoń. Steve spojrzał na nią, jakby była trucizną, po czym szybko ją uścisnął.

3 Kick off

The referee called the two teams and they began to walk down the tunnel and out into the sunlight. They were greeted by the incredible sound of sixty thousand cheering fans.

Cameras followed their every move. Photographers clicked their cameras wildly.

"Can I have the two captains, please," called the referee.

"Go on, Rex," a couple of City players called.

Rex trotted to the centre circle. Steve Parker was already there.

Steve scowled at him.

"Shake hands, lads," said the ref.

Rex held out his hand. Steve looked at it as if it was poison. He shook Rex's hand quickly.

- Reszka czy orzeł, Steve? - zapytał sędzia, wyciągając monetę.

- Orzeł – odrzekł Steve.

Sędzia rzucił monetą – wypadł orzeł.

Steve uśmiechnął się. – My zaczniemy – powiedział.

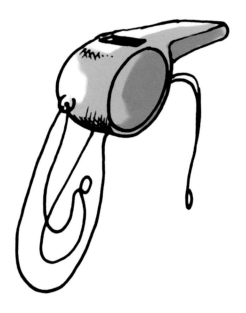

"Heads or tails, Steve?" asked the ref, pulling out a coin.

"Tails," said Steve.

The ref tossed the coin in the air. It was tails.

Steve smiled. "We'll kick off," he said.

4 Piekło pierwszej połowy

Gra była szybka, zawodnicy zaangażowani a wejścia twarde. Na pięć minut przed przerwą piłka znalazła się w polu karnym drużyny United. Steve Parker starał się podłożyć nogę Carlowi, ale ten rzucił się w przód i uderzył piłkę głową. Ta poszybowała do siatki United. Zawodnicy City krzyknęli z radości i skoczyli na Carla.

Kibice City oszaleli.

- Wspaniały gol! – krzyknął Rex, klepiąc Carla po ramieniu.

Minutę później Rex przyjął piłkę na prawym skrzydle i zaczął biec w kierunku narożnika.

4 Half time hell

The game was fast moving. The players were well fired up and the tackles were hard. Five minutes before half time, the ball flew into the United penalty area. Steve Parker tried to trip Carl up, but Carl dived forward and headed the ball. It crashed into the back of the United net. The City players yelled with joy and piled onto Carl.

The City fans went crazy.

"Great goal!" yelled Rex, slapping Carl on the back.

A minute later, Rex picked up the ball on the right wing and started running towards the corner flag.

Nagle, niespodziewanie, usłyszał zbliżające się ku niemu kroki i Steve Parker powalił go na ziemię. Sędzia tego nie zauważył.

Prawa stopa bolała Rexa jak diabli. – Przykro mi Jones – powiedział Parker – wypadki się zdarzają. Rex wstał. Postanowił nie dać Parkerowi sfaulować się ponownie.

Tuż przed przerwą, Mick Ronson, bramkarz City, wyskoczył, by złapać piłkę po rzucie rożnym wykonanym przez United. Niestety, piłka wyślizgnęła mu się z rąk i potoczyła pod nogi napastnika United, który wbił ją do siatki.

To była niepotrzebnie utracona bramka.

Kiedy Mick wyciągał piłkę z siatki, sędzia zagwizdał na przerwę.

Zawodnicy City skierowali się w stronę szatni. Kevin Talbot, trener City, krzyczał na Micka.

But, out of nowhere, he heard footsteps thundering towards him and Steve Parker clattered him to the ground. The ref didn't see it.

Rex's right foot hurt like hell. "Sorry Jones," said Parker, "accidents happen." Rex stood up. He wasn't going to let Parker get to him.

Then, just before half time, the City keeper, Mick Ronson, jumped up to grab the ball from a United corner, but the ball slipped through his fingers. The ball wobbled to a United forward who tapped it in.

It was a terrible goal to give away.

As Mick picked the ball up out of the back of the net, the ref blew for half time.

The City players headed for the changing room. The City Manager, Kevin Talbot, screamed at Mick.

- Daj mu spokój! – powiedział Rex. – Wszyscy robimy błędy.

- Nie wtykaj nosa w nie swoje sprawy, Jones – wysyczał Talbot. – Może i jesteś kapitanem, ale ja tu jestem trenerem.

- To był błąd – powtórzył Rex. – Wszyscy robimy błędy.

Talbot spojrzał na Rexa ze zdziwieniem – nigdy przedtem nikt tak do niego nie mówił.

"Leave him!" said Rex. "We all make mistakes."

"Keep your nose out of this, Jones," hissed Talbot. "You may be the team captain but I'm the manager."

"It was a mistake," Rex replied. "We all make mistakes."

Talbot looked at Rex in amazement. No one had ever spoken to him like that before.

5 Gol Rexa

Przez pierwsze pół godziny drugiej połowy gra była wyrównana a akcja przenosiła się z jednego końca boiska na drugi. Zawodnicy City dwukrotnie trafili w poprzeczkę a United było bliskie zdobycia bramki z rzutu wolnego.

Na piętnaście minut przed końcem meczu Carl podał piłkę do Rexa. Ten minął dwóch zawodników, potem jeszcze jednego. Tłum krzyczał.

Wtedy to Rex kątem oka zauważył Steve'a Parkera.

Parker robił wślizg. Rex wiedział, że gdyby Steve go dosięgnął, odniósłby kontuzję.

5 Rex's goal

For half an hour, the second half was real end-to-end stuff. City hit the bar twice and United nearly scored with a free kick.

With fifteen minutes to go, Carl passed the ball to Rex. Rex ran past two United players. He went round a third. The crowd were screaming.

But that was when Rex saw Steve Parker out of the corner of his eye.

Steve was lunging forward towards him. Rex could see that, if Steve got him, he'd get badly injured.

Wyskoczył więc tak wysoko, jak tylko mógł.

Ciało Steve'a prześlizgnęło się pod nim i uderzyło z hukiem w jedną z wielkich plansz reklamowych.

Steve zawył z bólu.

- Drogi Parkerze – krzyknął Rex – wypadki się zdarzają.

Kiedy Steve podniósł się, sędzia podbiegł do niego i pokazał mu żółtą kartkę.

- A to za co? – krzyknął Steve.

- Obserwowałem cię przez cały mecz – odpowiedział sędzia. – Grasz nieczysto, Parker – jesteś oszustem.

So Rex jumped in the air as high as he could.

Steve's body skimmed along the grass under Rex's body. Steve went flying into one of the huge advertising boards. His body hit it with a thwack.

Steve yelled out in pain.

"Oh dear, Parker," Rex called out, "accidents happen."

The ref ran over as Steve got to his feet and held up a yellow card.

"What's that for?" shouted Steve.

"I've had my eye on you all afternoon," said the ref. "You're a dirty player, Parker - a cheat."

- Usuń go z boiska! – krzyczeli kibice City. Steve spojrzał na nich i splunął na ziemię.

Dave błyskawicznie wykonał rzut wolny, podając piłkę do Carla. Ten minął zawodnika United i podał ją do Rexa.

Rex był trzydzieści metrów od bramki. Uniósł głowę i zobaczył bramkarza United stojącego przed linią bramkową. Oddał strzał.

Piłka poszybowała z wielką prędkością. Przez chwilę wyglądało na to, że przeleci obok bramki, lecz zakręciła i wpadła do siatki pomiędzy bramkarzem a słupkiem.

"Send Parker off!" yelled the City fans. Steve looked up at them and spat on the ground.

Dave took the free kick quickly. The ball reached Carl. He ran past a United player and passed the ball to Rex.

Rex was thirty yards away from the goal. He looked up and saw the United keeper standing just off his line. So Rex shot.

The ball hurtled through the air. For a second it seemed like it was going to miss, but it curved back and squeezed between the United keeper and the post.

To był wspaniały gol.

Kibice City piali z zachwytu.

It was a superb goal.

The City fans yelled with delight.

6 Uciekające sekundy

Rex spojrzał na gigantyczny zegar na trybunach. Została tylko minuta do końca meczu.

- Dalej, chłopaki – krzyknął. – Jeszcze minuta i po wszystkim.

W tym momencie zawodnik United przelobował piłkę do pola karnego.

Mick Ronson wyskoczył i wypiąstkował ją, lecz upadł przy tym na ziemię.

Piłka zakręciła się w powietrzu i wylądowała u stóp Steve'a Parkera. Rex wiedział, że musi działać szybko.

6 The dying seconds

Rex looked up at the giant clock in the stadium. There was only one minute to go.

"Come on lads," yelled Rex. "One more minute and we're safe."

But, at that second, a United player lobbed the ball into the penalty area.

Mick Ronson jumped up and punched it away but, as he did this, he fell to the ground.

The ball spun in the air and landed at Steve Parker's feet. Rex knew he had to act fast.

Mick wciąż był na ziemi.

Steve Parker kopnął piłkę.

Rex usłyszał głuchy dźwięk, jaki wydała przy kontakcie z butem Steve'a. Skoczył do przodu. Piłka szybko leciała w jego stronę.

Uderzyła w jego lewą stopę i poszybowała w stronę bramki. Zamiast skierować się na aut, leciała ponad Mickiem.

- Nie! – wrzasnął Rex i zamknął oczy. Padnie samobójcza bramka. Będzie 2:2 i City spadnie.

Pogrzebałby szanse swojej drużyny.

Mick was still on the ground.

Steve Parker pulled his foot back to kick the ball.

Rex heard the thud of the ball as Steve's boot made contact with it. He dived forward. The blur of the ball raced towards him as he flew through the air.

The ball smashed into his left foot and sailed towards the goal. Instead of getting the ball away, it was going straight over Mick.

"NO!" cried Rex. He closed his eyes. It had to be an own goal. It would be 2-2 and City would go down.

He'd ruined it for City.

7 Wykopany

Rex leżał na ziemi z twarzą w błocie i czuł się okropnie.

Nagle jednak poczuł klepnięcie na plecach. Potem jeszcze jedno, i następne. Usłyszał śmiech i krzyki Carla, Davida i reszty drużyny.

Otworzył oczy. Piłka była za bramką. Po strzale Parkera skierował ją ponad poprzeczkę.

Wciąż było 2:1 dla City.

Rex podniósł się z ziemi.

7 Booted

Rex lay on the ground, his face in the mud. He felt terrible.

But suddenly he felt a pat on his back. Then another. And another. He heard Carl and Dave and the rest of the City players shouting and laughing.

He opened his eyes. The ball was behind the goal. His foot had directed Parker's shot over the bar.

It was still 2-1 to City.

Rex got to his feet.

Steve Parker wyglądał na rozwścieczonego. Wszyscy gracze United krzyczeli na niego. – Nie trafiłeś do pustej bramki, Parker! – wrzasnął jeden z nich. – Nie zapomnimy ci tego!

Parker wziął piłkę i kopnął ją wysoko w kierunku tłumu. Sędzia szybko sięgnął do kieszeni i pokazał mu czerwoną kartkę.

- Masz szczęście, że wytrwałeś tak długo – warknął – a to, że cię teraz odsyłam oznacza, że opuścisz pierwsze trzy mecze w przyszłym sezonie.

Steve spojrzał ze złością na sędziego i oburzony zszedł z boiska.

Steve Parker looked furious. All of the United players were shouting at him. "You missed an open goal, Parker!" one of them yelled. "We won't forget this!"

Parker grabbed the ball and kicked it high into the crowd. The ref quickly reached into his pocket and showed Parker the red card.

"You're lucky you've lasted this long," snapped the ref, "and this sending off means you'll miss the first three games of next season."

Steve scowled at the ref and walked off the pitch in disgust.

8 City uratowane

Nowa piłka została wrzucona na boisko zza bramki Micka. Ten wstał i pokuśtykał w jej kierunku.

- Ja wykonam rzut bramkowy – krzyknął Rex.

- Pośpiesz się! – krzyknął sędzia. – Zostało trzydzieści sekund!

Co tam trzydzieści sekund, pomyślał Rex, wybijając piłkę wysoko w powietrze, mógłbym grać trzydzieści lat!

Gdy sędzia zagwizdał na koniec spotkania, Rex i zawodnicy City podbiegli do swoich fanów, którzy tańczyli i śpiewali, wykrzykując imię Rexa. Rex uchronił City przed spadkiem.

8 City saved

A new ball was thrown onto the pitch from behind Mick's goal. Mick stood up and limped over to it.

"I'll take the goal kick," shouted Rex.

"Get on with it!" shouted the referee. "There's thirty seconds left!"

Forget thirty seconds, thought Rex as he booted the ball high in the air, I could play for thirty years!

As the ref blew his whistle for the end of the game, Rex and the City players ran over to their fans. The fans were dancing and singing. And they were chanting Rex's name. Rex had saved City from going down.

Kevin Talbot podszedł do Rexa i uścisnął jego dłoń. – Byłeś zdumiewający – powiedział z uśmiechem.

Kiedy Rex i zawodnicy City wrócili do szatni, Rex zobaczył, że świeci się czerwony guzik **POWRÓT** w jego telefonie komórkowym. Nacisnął go.

Rozbłysło białe światło i chłopcy znaleźli się z powrotem na szkolnym boisku.

- Nie popisuj się, Rex – krzyknął pan Hill, gdy ten minął kolejnego obrońcę i wbił piłkę do siatki.

- Wydaje ci się, że grasz dla United, tak? – zawołał pan Hill.

- Nie, panie Hill – odpowiedział Rex – myślę, że zostanę z City!

Kevin Talbot came over and shook Rex's hand. "You were amazing out there," smiled Talbot.

As soon as Rex and the City team got back into the changing room, Rex saw the red **RETURN** button flashing on his mobile. He pressed it.

There was a flash of white light and the boys found themselves back on the pitch at school.

"Don't be too flash Rex," shouted Mr Hill, as Rex ran past another defender and whacked the ball past the opposing keeper and into the goal.

"Think you're playing for United, do you?" called Mr Hill.

"No, Mr Hill," Rex called back, "I think I'll stick with City!"